하루는 먼 하늘

시와소금 시인선 · 123

하루는 먼 하늘

표현시동인회
제27집

시와소금

지난해 12월 중국 우환에서 시작한 코로나-19는 우리 삶을 송두리째 바꿔놓았다. 사회적 거리 두기의 시행으로 모든 만남은 극도로 제한되었다. 그러다 보니 우리 문화예술인들도 많은 어려움을 겪고 있다. 영화, 연극, 미술, 문학 등 모든 행사가 연기되다가 취소되는 경우를 겪기도 하였다.

이런 와중에서도 우리는 작품을 만드는 일이 충실하였다. 제27집 동인지 『하루는 먼 하늘』을 펴내게 되었으니 말이다. 창립 51년을 맞이하여, 박민수 윤용선 창립멤버의 특집을 내는 것도 정말 뜻깊다 할 것이다.

오늘도 우리에게선 바람이 분다. 가만히 앉아있기엔 푸르고 거친 바람이다. 무언가 다시 해야겠다. 새로운 언어의 탐구와 상상력의 세계를 향한 우리의 발걸음은 멈추지 않을 것이다. 시여, 우리 표현 동인이여, 영원하리라.

— 표현시동인회 회원 일동

|차례|

제1부 ∥ 동인 조명

| 박민수 시인 |

| 윤용선 시인 |

제2부 ‖ 꽃을 주제로 한 테마시

제3부 ‖ 표현시 동인 신작시

제1부

동인조명

| 박민수 시인 |

- **신작시** | 노랑나비 외 4편
- **자선 대표시** | 사람의 추억 외 4편
- **시인의 말** | 시야, 고맙구나!

| 윤용선 시인 |

- **신작시** | 하루는 먼 하늘 외 4편
- **자선 대표시** | 이른 새벽 외 4편
- **시인의 말** | 가장 아름다운 오늘

동인조명 | 박민수

노랑나비 외 4편

내 사는
강변 마을 숲길
봄 되면 노랑나비 떼로 모여
사랑놀이 즐겁다
어루만지고 서로 간질이며
하늘 길 오르내리는 날갯짓
그 요염한 바람소리들,
문득 내 귀 스치는 그 짙은 웃음소리들,
몸짓 가벼운 저 많은 유혹의 손짓들,
불현듯 어디에선가 꽃향기 전해 오고
어디에선가 홀연 그리운 사람
길게 휘파람 소리 보내올 듯
발걸음 어리둥절 하늘 보며
한참 동안 저 혼자
갈 곳 잊는다

뻐꾸기

이른 아침
앞 강변 나뭇가지 위 홀로 앉아
허공 속 애절히 쏟아내는 뻐꾸기 울음소리
비 온 아침 하늘 푸르듯
높이 높이 한없이 청명하다
누군가를 애태워 부르는 듯
그 목소리 천지 가득 출렁이지만
돌아오는 대답 소린 어디에도 들리지 않는다
나도 한 생애 지금껏
누군가 이름 모를 그를 향해
홀로 던지는 애절한 목소리로 살아왔지만
그것은 그냥 마음속 외로운 파도일 뿐
그리운 그 사람 내게 모습을 보이지 않았다
뻐꾸기처럼 그토록 애절한 것은 아니었지만
돌아보니 나의 삶이란 산 너머 누군가를 향한
그리움의 기나긴 강줄기였다
그리하여 이 아침도 창문을 열고
나 홀로 하늘 멀리 누군가를 향해

뻐꾸기처럼 뻐꾹 뻐꾹
덧없는 그리움의 오래 된 손짓 다시 보내고 있다
아아, 우리 삶이란
이런 것이다
푸른 하늘 저 멀리 누군가를 그리워하는
오랜 눈물이다

슬픔의 원천

때로 슬픈 마음일 때 많다
슬픔이 있어야 진정 기쁨도 있듯
슬픔이 슬픔만이 아닐 때 또 많다
슬퍼 많은 눈물 쏟아내다가
홀연 그리운 사람 다시 만나면
눈물이 기쁨 되어 강물이 될지니,
이것이 넘치고 떠 넘침에
슬픔은 사라지고
기쁨만 화려한 춤 되어
파도처럼 아득히 넘실거림에!

전화

혼자 책을 보고 있으려니
문득 낯선 전화가 왔다
전화를 받으려니 문득 낯선 목소리
힘차게 나를 윽박지른다
야, 임마!
난 네가 뒈진 줄만 알았는데, 잘도 살아 있구나?
뉘신지?
뉘시긴 자식아, 나 떡때야,
벌써 잊어 처먹었냐?
나는 박민수입니다만?
박민수, 얘 되게 웃기고 있네?!
아닙니다. 아마 전화가
잘못된 듯하네요!
네?
아이쿠, 죄송합니다!
전활 잘못 보냈네요!
뚝!

사랑은

사랑은
사랑의 계절 속에 있다
봄이 있어 꽃이 피듯
사랑이 있어 사랑의 계절이 있고
계절 따라 어느 날
그리움의 하늘빛 새들
푸른 날갯소리 바람 타듯
훨훨 우리 가슴
가득 날아와 앉는다
사랑은 이렇게 온다
사랑은,
멀리서 손 흔드는 기쁜
유혹이다

사람의 추억 외 4편

서울역에 가면
사람들이 참 많다
모두 바쁜 걸음이다
저들 사람마다 가진
마음의 그 천연색 영상들
가릴 것 없이 한데 모아
커다란 흰색 스크린 가득
비추어 보면 어떨까?
그곳에 내 그리울 추억의 그림자
비록 하나인들
봄날 노랑나비처럼
나풀거리며 춤추고 있으면
정말 좋겠다

덫

세상 사노라면
여기저기 덫이 많다
누가 설치해 놓았는지 모르지만
덫에 걸려
눈물 흘리는 사람들 많다
짐승을 잡으려 만든 덫이
사람을 잡다니!
그러나 세상 길 언제나
거기에 덫이 있으니
큰 눈 뜨고 살필 일이다
우리 눈 날마다
더욱 총명하게 닦아 내어
날마다 쉬지 않고 또 닦았으면서
제 갈 길 바로 찾아
날마다 휘파람
길게 불면 좋겠다

이슬비
— 꽃밭에서 · 1

꽃들은 아무 욕심이 없다
꽃들은 오직 아름다움을 위하여
이슬비 속에서도 반짝반짝
빛나게 몸을 닦고
어둔 밤 작은 별빛 물결 속에서도
하늘하늘 몸을 닦는다

양귀비
― 꽃밭에서 · 5

누군가 강가 산책길 가득

양귀비 파도처럼 심어 놓았다

봄 가고 초여름 이르러 더울 듯 바람 불더니

그만 양귀비꽃 알몸이 되어

온 세상 떠나가게

유혹의 숨소리 내기 시작하였다

이게 웬 일인가?

저 고요한 숲 속 문득 요란하여

가까이 바라보노라면 겉 알몸 말할 것도 없고

속 알몸 거기에 세상 한량들 다 모여 저리 온종일

쉬지 않고 춤을 추고 있으니!

그들을 위해 나는 오늘

그늘진 곳 홀로 서서

숨소리 오래 죽이며

하염없이 바라만 볼 뿐이다

낯선 세상에서의 외로움

살아갈수록 세상이 낯설어진다
초등학교 6학년 열두 살 시절
검은 화물차 흙 묻은 맨바닥에 앉아
수학여행 왔던 청량리역
이제 다시 오늘은
춘천행 ITX청춘열차를 타기 위해
시간 틈 홀로 커피점
아메리카노 한 잔을 주문한다
낯선 사람들 여기저기에서 낯선 대화를 나누고
문득 내가 외롭다
어린 시절 나의 옆 짝들 보이지 않고
그 드높던 푸른 하늘도
높은 천장에 가려 보이지 않는다
구름도 없고
문풍지 흔들던 바람 소리조차 들리지 않는다
나를 가두고 있는 이 세상 문득
홀로 외롭다

시야, 고맙구나!

　나는 10권의 시집과 10권의 이론서도 출판하였지만, 나의 이러한 인생 여정에 가장 큰 영향을 미친 사람의 하나가 바로 〈표현〉 동인이다.

　언제나 내게 큰 희망을 주었고, 또 내가 시에 열정을 갖고 도전하는 계기도 계속 마련해 주었다.

　나의 한 생애는 시가 있어 큰 기쁨이었고, 그 많은 어려움 속에서도 시가 있어 지치지 않는 도전의 역동성을 발휘할 수 있었다. 참으로 감사한 일이다.

　"시야, 네가 있어 내 인생길 진정 고맙고 또 고맙구나!"

| 박민수 |

- 춘천 출생. 춘천교대 졸업. 서울대 문학박사. 춘천교대 교수 및 총장 역임.
- 1975년 《월간문학》 신인상 당선으로 등단.
- 시집 〈강변설화〉 〈개꿈〉 〈낮은 곳에서〉 〈잠자리를 타고〉 〈어느 그리운 날의 몽상〉 〈사람의 추억〉 〈슬픔의 원천〉 외 다수.
- 산문집으로 〈대학총장의 세상 읽기〉 〈시인, 진실사회를 꿈꾸다〉 등이 있음.
- 저서 〈현대시의 사회 시학적 연구〉 〈현대시의 리얼리즘과 모더니즘〉 〈아동문학의 시학〉 〈창조성 중심 교육〉 〈하나님의 상상력〉 등이 있다.
- 최근에는 뇌를 기반으로 한 인간의 존재 양상과 비전을 탐구하는 〈박민수뇌경영연구소〉를 운영하고도 있고, 한편 사진 찍기에도 빠져 몇 번 개인전을 갖기도 하였으며, 성경을 중심으로 인간 존재의 아름다운 비전을 밝히는 집필 활동에도 열심을 쏟고 있다.

동인조명 | 윤용선

하루는 먼 하늘 외 4편

하루는 먼 하늘
그저 바라보고 있는데
거기 우련하게 떠 있는
구름이 몇 떨기
저마다 하얗게 손짓하며
소리없는 소리로 손짓하며
서로서로 부르고 있는데
저 먼 하늘
그보다 더 먼 어디선가
그새 또 일고 있을
보이지 않는 바람 한 줄기
무심한 바람 한 줄기
텅 빈 가슴 훑고는
이제 더는 아무 것도
아무 것도 손에 잡히지 않는
하루는 먼 하늘 한 자락

내가 낯선 나 외 4편

딱히 할 일도 없으면서
꼭두새벽에 일어나
혼자 찬 우유를 마십니다
미처 잠 덜 깬 식도를 따라
하얗게 내려가는 싸한 맛은
이내 희석되고
이번엔 까닭모를 외로움이
온몸을 꽉 죄어듭니다
새벽부터 무슨 청승인가 싶지만
이때만큼은 누가 흔들어대지도
괜한 시비 걸어올 일도 없으니
온전한 고독의 심지에 불을 댕기고
가만히 나를 들여다봅니다
그런데 거기 나는 온데간데없고
웬 낯선 얼굴이 하나
물끄러미 내다보고 있는 겁니다
그새 말라비틀어진 수숫대 같기도 하고
미처 덜 익어 잔뜩 떫은 감 같기도 한

상고대

모두 잠들어 세상은 적막한데
추운 하늘의 별들도 졸고 있는데
어디서 시간의 갈피갈피마다
기억의 밑줄 촘촘히 긋고 있는
외로운 영혼이 있나 보다
퍽 곤한가 보다
잠들지 못하고 혼자 뒤척이는 걸 보면
이제도 목마르다고 웅얼거리는 걸 보면
시인들의 낡은 시집처럼
이미 세상이 다 잊은
한겨울 깊은 꿈속에서
아무도 모르게 서성이는 사연은
저마다 또 따로 있나보다
저 먼 산비탈에 서서
뜬눈으로 온밤 지새워 가며
잔가지 하나하나
하얗게 하얗게 덧옷을 입히는
수많은 나무가 있는 걸 보면

악기점에서

사방 벽으로
가지런히 걸려있는 악기들이
금방이라도 저마다의 음색을 터뜨리며
와르르르 쏟아져 내릴 것만 같다
그러면 벽에 기대고 서 있는 피아노
단단한 건반이
그 소리 하나하나 다 받아서
다시 영롱한 빛으로 튕겨 올릴 것 같다
그 빛의 가닥가닥 잡을 수 있다면
잡아서 실로 자을 수 있다면
한 땀, 한 땀 그리움의 매듭지어
외로운 가슴, 가슴마다
이작 노리개로 달아주고 싶다
서로 다른 악기들이
저마다의 소리로 어우러졌던 것처럼
이 세상 시린 마음들이
하나로 따뜻하게 끌어안을 수 있게

수도꼭지

일상으로 수도꼭지는
잠글 때나 틀 때나 한결같아야 하는데
더러는 그렇지 못할 때가 있다
가령 누가 덜 잠근 채 지나치면
쓸데없이 물을 질금거리게 되고
너무 빡빡하게 조여 놓게 되면
제때 부드럽게 풀리지 않아
누군가 한참 불편을 겪게 된다
이 모두는 결코 수도꼭지 탓이 아니다
그런데도 성질 급한 나는
앞뒤 가려 가며 생각해 보지도 않고
매번 수도꼭지가 못됐다고 한다
아예 아무것도 모르는 것처럼
들이대기부터 한다
이렇게 일상으로 수도꼭지는
이리저리 당하면서도
꼭 제자리를 지키고 있는데
누구 하나 고맙다고는 하질 않는다

이른 새벽 외 4편

아직 하얀 소음이 잠들어 있을 때
이윽고 사물들이
하나, 둘 눈을 뜨기 시작할 무렵
긴 복도 끝에서
이 세상 가장 작은 울음소리가 일어나
조그맣게 웅크리고 걸어 나온다
많이 아팠던 누가
그간의 무거운 짐을 벗고 훌훌 벗어 던지고
또 다른 세상으로 여행을 떠나나 보다
이 이른 새벽
아무도 모르게 혼자서

그러고 보니 가을은

모두 훌쩍 떠나고
적막한 시간이
혼자 남아 빈집을 지키는데
다 마른 풀밭을
바람이 설렁설렁 비질하다가
무료했는지 묻는다
요즘 뭐 하세요, 어떠세요
그냥저냥 그런가요?
저 혼자 살랑살랑 거리다가
뭐라고 하기도 전에
휭하니 내뺀다
그러고 보니 가을은
모두 떠나보내고 텅 빈
곳간 같다
다 영근 풀씨마저
허공으로 흩날리는 걸 보니

딱딱해지는 살

이제까지는 뭣도 모르면서
부드러운 걸 단지 약해 빠진 거라고 알았다
자라며 점점점 딱딱해지는 나무껍질처럼
얼마쯤은 뻣뻣해야 강한 건 줄 알았다
심줄처럼 질기게 버텨야 되는 줄 알았다
그러다가 어인 까닭인지도 모르고
깜빡 쓰러지면서 크게 목뼈를 다쳤다
그때 눌린 신경이
온몸의 살을 돌덩이처럼 굳게 해서
한동안 옴싹달싹 할 수 없었다
그제야 겨우 짚이는 게 있었다
세상도 딱딱해지는 살이 아니라
부드러움으로 가득 차서
부드러움이 부드러움을 넘게 되었을 때
비로소 바다처럼 거대하게 일어서는 건 아닐까?
일찍이 노자가 훌륭한 덕은 물과 같다고 했던
그 말의 뜻을 겨우겨우 새겨들을 수 있었다

나른한 섬으로

성글게 꿰맨
손가락 상처를 비집고
새살이 얼굴을 내민다
말가니 이쁘다
그런데
이쁜 게 그냥 이쁜 거냐며
세상 공것은 없는 법이라고
며칠째 달망거리는 통증이
엇박을 놓듯 화끈거린다
그 통에
닻을 내린 먼 바다
손을 놓고 있는 꽃잎 하나
나른한 섬으로 떠 있다
오롯이 혼자 떠 있다

꽃

깊은 산 바위틈에
작은 꽃이 피었습니다
온 산이 다 살아났습니다
하늘이 다 환해졌습니다

이제 꽃은
누가 찾아와 주지 않아도
굳이 뭐라고 하지 않아도
그대로 꽃입니다
생명의 빛입니다

가장 아름다운 오늘

첫 시집에서 나는 '한 백 년쯤 넉넉한 거리를 지키며 굿굿하게 자라

비로소 기품 있는 태를 드러내는 소나무가 그리울 때가 있다.'고 이미 고백했었다.

그런데 그 소나무가 늘 마음에 품고 있던 내 이웃의 또 다른 이름이었다는 걸 이제 서야 확연히 깨닫는다. 삭은 소나무의 뿌리에 맺혀 있는 단단한 복령 같은, 결코 썩지 않는, 그러나 한결같이 따뜻한 신뢰와 사랑의 꽃이었다는데 이르러 새삼 목이 멘다.

오늘이 가장 아름답다. 그걸 모르고 먼 길을 돌아 돌아왔다. 늘 내 옆을 지키며 나의 눈과 손이 되어 준 나의 집사람에게 영혼의 흔적이 담긴 이 작품들을 꽃반지 대신 들려준다.

오늘이 가장 행복했으면 정말 그랬으면 더없이 기쁘겠다.

| 윤용선 |

- 1943년 강원 춘천 출생
- 1973년 강원일보 신춘문예에 시 「산란기」로 등단
- 1989년 《심상》 신인상 수상으로 본격 작품활동
- 시집으로 〈가을 박물관에 갇히다〉 〈꼭 한 번은 겨자씨를 만나야 할 것 같다〉 〈사람이 그리울 때가 있다〉 등
- 강원 국제비엔날레 이사, 문화커뮤니티 《금토》 이사장 역임.
- 현재 표현시동인회, 심상시인회, 수향시낭송회, 춘천문인협회 회원, 강원문인협회 자문위원
- 전자주소 4you1009@hanmail.net

표현시동인

꽃을 주제로 한 테마시

김남극   김순실   김창균

박민수   박해림   양승준

윤용선   이화주   임동윤

정주연   조성림   최돈선

한기옥   허 림   허문영

황미라

산거山居 · 6 ― 꽃사과

김
남
극

지난 가을 썰어 말린 꽃사과를 우려 마시다가
시큼하다가 떫다가 달게 마무리되는 꽃사과를 마시다가
이별이나 불신, 혹은 매혹의 맛이란 이런 걸까 생각하다가
다시 뜨거운 물을 부어놓고
마당가에 나와 꽃사과 나무를 쳐다본다

꽃이나 보려고 심은 이 나무는 나와 동갑인데
몇 군데 상처가 깊고 가지는 또 잘려서
한참 기울 듯 서 있는 이 나무는
세상 풍파를 다 겪은 듯 서 있는데

이젠 이별도 불신도 또 어떤 매혹도
꽃으로 피면 그만이고
또 그 붉은 꽃사과를 주렁주렁 달고
가을 달을 맞이하면 그만이니

다 식은 꽃사과 차를 따라 놓고 앉아
떫은 듯 단 그 차를 마시다 내려놓고
또 마시다 내려놓는다

분꽃

이른 아침 병원 올라가는 골목
한 무더기 분꽃에 눈이 간다
병 깊은 어머니가 좋아하는 꽃

꽃잎 떨구고 맺힌 까만 씨앗들
금방이라도 떨어질 것 같아
얼른 손바닥에 담는다

작은 수류탄
던지면 꽃망울 터뜨리며 폭발할 것 같은,
말똥말똥 내년에 다시 만나 눈짓하는

병실 문을 열자
내가 몰고 온 삽상한 공기에 실내가 깨어난다
나는 버석버석한 어머니의 손에
까만 씨를 놓아드렸다

참 실하구나

분꽃 벌어질 때 쌀 씻었지
오랜만에 어머니의 가슴에 터진 수류탄

씨앗 담긴 깡마른 어머니의 손이 따스하다
해마다 분꽃 가득할
어머니의 마당이 눈에 선하다

마른 꽃

김
창
균

한 묶음
절벽에 거꾸로 매달린
바람나 서로를 외면하는 어느 가계처럼
한 묶음으로 묶여 있으나
모두 다른 몸이었던
하여 꽃시절로 돌아갈 수 없는
말라가는 것만이 유일한 일인
봄날의 사랑 같은 건 과거의 일이예요
피가 머리 쪽으로 쏠려
씨앗들이 절벽으로 쏟아지고
보풀같은 마음을 미끼로 걸어
절벽 아래로 드리워본다
캄캄한 미끼를 물고 올라오는
더 야위고 어두워 씨눈이 쑥 빠진 것들
작아지다 작아지다 마침내 작은 보풀이나
소리에 가까워지는

저 거꾸로 매달려야

비로소 안정되는 것들에
세상에서 가장 가벼운 꽃말을
달아 주고 싶다

박
민
수

달맞이꽃

아침 산책길
아직 해 솟지 않아
이슬방울 반짝이는 시간
수풀 속 키 큰 달맞이꽃
떼 지어 샛노랗다
하늘 빛 청청한 때에
아직도 요염한 유혹의 눈빛들
문득 내 가슴
서늘히 흔든다
아직 그리운 사람 있는지
나도 달맞이꽃 되어
아침 해 뜨기 전
그를 향해 저토록 반짝이는
요염한 유혹의 황금빛 눈짓
오래도록 보내고 싶다

한 치 매화

매화꽃 피었는데 한 치 앞이 허공이다

나뭇가지 내린 봄볕
눈앞을 어루는데

담장 위 넘실댄 파도 스러졌다 달아나는데

매화꽃 휘날리는데 마음 갈피 둘 데 없다

마루 끝에 머문 날들
발끝에 흩어지는데

오죽烏竹의 얄푸른 날들 너울이 쓸어가는데

양
승
준

곡우 무렵

어디에다 눈을 맞춰도 완벽한 조망입니다
어디에다 눈을 두어도
가슴 속까지 환해지는 나날들입니다

돌아보니 매서운 풍설의 칼끝을 이겨내고
가까스로 새잎을 틔운 게 춘분 즈음이었으며
출정식에 모인 병사들처럼
당장이라도 전장으로 달려 나갈 기세였던 게
바로 청명 어름이었는데
그로부터 겨우 보름이나 지났을까요
몇 차례 비가 흩뿌린 후
세상은 마침내 화염 속
초록의 격전지가 되고 말았습니다

여기가 색색의 불길이라면
저기는 초록의 물결입니다
여기가 꽃들의 향연이라면
저기는 나무들의 카니발입니다

아, 봄꽃들이 이렇게나 많은지
초록은 또 저렇게나 다채로운지
저는 오늘에서야 알았습니다

매화 산수유로 출발한 봄꽃들은
개나리 진달래 목련 벚꽃을 지나
철쭉 조팝꽃 라일락 모란으로 이어지다가
아까시 장미 능소화 수국으로 대표되는
여름꽃들로 넘어갈 것이며
초록은 연두에서 시작하여
연록 진록 청록을 건너
푸를 벽碧에 이르기까지
이름도 알 수 없는 수십 수백의 녹색들이
먼셀 색상표*를 대신하여
그 사이 사이에 존재하고 있음을
작금의 산과 들이
온몸으로 보여주고 있습니다

한 해 중 제가 외로움을 잊고 지내는 때가

이맘때뿐인 것도

바로 이런 이유에서입니다

저 눈부신 꽃나무 앞에서는

감히 누구도 외로울 수 없기에

아마도 제 슬픔은

더위를 앞세우고

다음 절기에나 돌아올 듯합니다

* 먼셀 색상표 : 1905년 미국의 화가 먼셀이 고안한 색 표시법으로, 색을 색상·명도·채도 세 가지의
속성으로 나누었다.

이른 봄 꽃다지가

꽃에 관한
시

윤
용
선

누가 지나치다 힐끗 보고는
같잖은 두해살이 풀이로군 하는 일이 있더라도
내겐 질긴 뿌리에, 곧은 줄기하며 거기 붙인 잎과
노랗게 피운 꽃까지 있어야 할 건 다 있으니
꼭 나를 보기로 한다면
그저 있는 대로 보기나 할 일이지
다른 말은 말란다
그러니까 곧 삭아 스러질 네까짓 게
더는 뭘 어쩌겠다고 뻗대느냐며
시비 걸 생각 조금도 말고,
해가 바뀌어 다시 봄이 오면
그때는 또 어쩔 거냐고
괜한 걱정 만들어서 하지도 말란다
대대로 예비한 씨가 있으니
그때도 여전하고 반듯할 거란다
이른 봄 꽃다지가 시방 찬 바람맞으면서도
야무지게 할 말 다 하고 있다
양지쪽 밭두렁에 쪼그리고 앉아서

이
화
주

가시들이 있을 자리

천사가
조심스럽게 물었다.

가시들이
있을 자리 좀 없을까요?

꽃들이
모두 고개를 저었다.

장미가
방긋 웃으며
고개를 끄덕였다.

가시들은
장미의 수호천사가 되었다.

앵두꽃 — 접경지 · 10

임
동
윤

앵두꽃 진다
화르르 집 허무는 꽃들

속 드러낸 우물만큼 고요가 깊다

모두 떠나 고요가 갇힌 뜰
다시 후르르 지는 꽃들
그리운 풍경이 하나씩 사라진다

스스로 몸 허무는 집들
누가 우물 같은 가슴이라 했나

먼 산 뻐꾸기울음 봄날을 물고가면
제풀에 화르르 지는 앵두꽃들

떠난 자의 숨결만 높다

정
주
연

꽃의 시간

바람 한 점
아무런 시간의 기척도 없는데
손끝 하나 닿지 않고
숨도 멈추었는데
만발한 작약 꽃밭

사르르
하르르
분홍 꽃잎이 미끄러지듯 떨어져 내린다
꽃잎은 조금도 마르지 않고
여전히 촉촉하고 향그러운데
절정의 순간에 관(冠)을 내려놓는 그 모습 눈부시다

저 아린 마음은
슬픔일까나
기쁨일까나

꽃의 시간은 순간만으로도 영원을 대신하는 것일까

지존의 아름다움을 누리는 이유인가 보다

알 수 없는 비의秘意

꽃의 시간

조
성
림

수레국화

한 생을 다 받쳐
나무를 베어내고
다듬고
둥근 수레를 꾸며갔습니다

둥근 해와
둥근 달과 같은
수레

그 많은 세월 동안
뒹굴고 뒹굴어
수레바퀴가
둥글어졌습니다

뼈아픈 세월일랑
보랏빛 여명 속에
꽃이 되었습니다

이 모든 것은
그대에게 가는 수레

나는 보랏빛 등짐을 지고
나귀와 같이
그대에게로 가는
둥근 세월입니다

이 모든 것은
온전히 그대의 것

나의 등짐도 보랏빛으로
여명에 가 닿습니다

최
돈
선

개화

님 오시나
흠뻑 애닳아

젖가슴 팽팽히 조여 쥔
단추

툭,

터져버린 날

개화開花

어쩌면 질리지 않게 다가가
네 쓸쓸한 눈을
가만히
들여다보는 일일까

허

림

도토리

참나무 꽃을 본 적 없다니까
촌놈이 그것도 못 봤냐 그러면서 도토리를 줍냐

정말 참나무는 꽃을 피우기나 하는 걸까
참나무 꽃을 꽃으로 보지 않은
그야말로 꽃을 꽃으로 보지 않은 탓이다

누가 꽃을 정의하였나
분명, 피고 지는 참나무 꽃
꽃으로 받아들이지 못한 편협한 고집들

세상의 꽃은 허울과 허물을 쓰거나
화장을 하고 밤의 조명 아래서 유혹하는
수천수만 빛의 광란이기도 한
꽃에 대한 오만과 편견이 꽃으로 피었으니
나도 꽃이다 꽃이면서 꽃인 척

참나무는 참회록 한 줄 쓴 적 없으나

어두운 지붕 위 툭 툭툭 선잠마저 깨우는 가을밤

내 생의 저쪽에서는
도토리 주워놔 묵 쑤어 먹자
문자가 날아오고 있다

난꽃 미투

허
문
영

흰 꽃을 피운
소심란

붉은 점박이 설판에다
혀를 대보니
감전感電이 되네

자지러진 꽃
재수 없다고 눈을 흘기네

화가 난 꽃들이
신고한다며
노발대발하네

요즘 세상
꽃을 감상하다가도
미투가 걱정되네.

11월의 분홍

쌀쌀한 공기가 낮게 깔린 나지막한 산길 진달래꽃
피었다
마른 풀들 사이 분홍이 생경하다

허풍이 지나갔으리라
분홍의 계절이 도래했다고 진달래 잠든 눈꺼풀을
간질이며 달콤하게 속삭였으리라

시기를 앞섰거나,
시기를 놓쳤거나,
사무친 무엇이 있어 잠들지 못하고 울고 있었는지
모른다
입술을 앙다물고 벼르고 있었는지도
아니면, 깃들어 있던 방이 분에 넘쳤던 걸까

후회란 저 분홍 같은 거
차가운 바람 끝에 간신히 웃는, 한세상 겉도는 진
달래 꽃잎 파르르 떨고 있다

산거山居 · 11 — 이별, 그 후 외 1편

잘 계신지 모르겠다

죽으면 내가 뭘 알겠냐시던 어머니는
삶이 무엇인지 다 알고 가셨을까

마음이 누추한 게 문제지
생활이 누추한 게 문제가 아니라고
말씀 못 하시고 가셨는데
아쉽지는 않으신지

옴죽거리는 매화 꽃망울에게 묻는
봄 소식

김
남
극

돌아가신 분에게 전화를 하고

아이들 그림을 좀 봐주십사 청을 드리려고
오래전부터 뵌 선생님께 전화를 드렸다

신호가 두 번 가고 끊겼다
다시 눌렀다
또 신호가 두 번 가고는 끊겼다

잠깐 앉아 이 오래된 선생님의 근황을 생각하다가
점잖은 걸음으로 옛 학교 운동장을 가로질러
조용히 내 청춘에 안부를 건네던
삽 십 년 전 어느 초가을 날을 기억하다가

혼자서 소풍처럼 들른 전람회에서 눈길을 잡았던
어두운 하늘이 내려와 오래된 집들을 덮고 있어
그 음습하나 따뜻했던 그림을 보고 또 보다가 만난
반듯한 이름 세 글자를 생각하다가

지인에게 근황을 여쭈었더니

지난 가을 세상을 떠나셨다고
조용히 떠나고 싶다면서
가까운 친지에게만 부고를 보내라고
부고처럼 조용히 떠난

그 선생님께 전화를 걸고 또 걸고는 않아
수첩에 '불통'이라 적었던 지난 봄

나이가 들수록 그림이 따뜻해지던
그 오래된 미술 선생님을 가끔 생각하는
이른 봄

김남극 _ 강원도 봉평 출생 《유심》 신인문학상 수상으로 등단. 시집으로 〈하루밤 돌배나무 아래서 잤다〉 〈너무 멀리 왔다〉가 있음. 현재 봉평고등학교 재직 중.

단 한 송이 외 2편

김
순
실

길게 몽오리진 개나리 군락에서
꽃잎 하나 최초의 눈을 떴다

눈발 섞인 봄비에
떨고 있는 노란 한 점
딸아이 얼굴 보인다
모든 것의 '첫'은 두려움이지
뜨거움이지

딸을 멀리 보내고 썼던 글이 떠오른다
-겁낼 것 없어.
 자유의 떨림, 선택받은 설렘을 만끽하렴

오직 한 송이의 영롱함으로
처음 본 세상의 어리둥절로
그동안 참았던 그 무얼 말하고 싶어

날카로운 칼금에 먼저 선택된

통증 끝에 받아안은 목숨 하나
눈발 한 낱에 찬 기운 머금고 오똑 맞서

그 첫 눈뜸이
한 편의 시가 되었다

숫자의 선물

2020, 이 경쾌한 벽에
생뚱맞게 숫자 큰 달력을 건다

그날이 그날인 풍경 사라지고
해일처럼 달려드는 숫자의 홍수에
눈을 뗄 수 없는데

모래알처럼 빠지지 않게
이 큰 숫자 어떻게 붙들어 놓을까
저 진하게 색칠된 하루 엄배덤배 넘기면 안돼

경쾌한 2020 앞에서 뜬금없는 숫자 타령
숫자들이 새롭게 말을 걸어온다
1에서 30까지의 스토리를 담고
뜻있는 하루거나 뜻 없는 하루거나

달력이 곡비 같다는 생각
나 대신 한 달을 살다

뜯겨나가 잊혀지는
아니 숫자에게 사육당하는지도

달력은 묵묵부답인데
숫자의 선물 앞에 말이 너무 많아졌다
내 앞에 남은 시간이 얼마 남지 않아서일까

반짝반짝

한참 말 배우는 세 살배기
스탠드 보더니 '반짝반짝' 이란다

그러더니 식구들 빙 둘러보며
엄마도 반짝반짝
할머니도 반짝반짝
누나도 반짝반짝
이모도 반짝반짝

아기의 말, 주술처럼
우리는 어느 때보다 더 빛나 환호하고

나는 '반짝반짝' 을
내 생의 끝자락에 놓아본다

그러다 스위치 탁 내렸을 때
반짝이는 한 때를 기억해
저 세상에서도
나 반짝거릴까

김순실 _ 1998년 강원일보 신춘문예 등단. 시집으로 〈고래와 한 물에서 놀았던 영혼〉〈
숨쉬는 계단〉〈누가 저쪽 물가로 나를 데려다 놓았는지〉가 있음.

먹태를 두드리며 외 1편

김창균

남도에 와서
먼 북쪽에서 온 먹태를 두드린다

예고도 없는 기별처럼
빗방울 발끝에 밟히는 소리처럼
또, 앉았던 의자 모서리에 때가 쌓이는 것처럼
그 오랜 시간 비바람 찬 기운 맞고 온 저것을
칼등으로 두드려
굳다만 묵 맛 같은 것을 서로 나눈다
황태보다는 섭섭하고 말랑한 검은 몸
그 몸피 속에 흰 살을 감추느라 안간힘 쓴 시간을
잘게 두드리거나 찢으며
남도 태생인 당신의 마음을 먼 데까지 모시고 갔다 온다

먹태가 당신과 나를 번갈아 바라보는 시간
그 잠깐 동안 당신은 검은색 물이 들고
나이든 홀아비에게 시집온 타국의 젊은 여자는 말이 없어

나는 먼 곳까지 와서

그믐같은 저녁을 맞으며

다리가 기운 낮은 밥상에

턱을 고이고 앉아

굳어버린 입을 하늘로 쳐들고 눈비 맞았을

저것에 마음을 써보기도 하고

또, 웃음 끝에 올 긴 울음을 생각해보는 것이다

헌 옷 수거함에 옷을 버리며

사람의 몸을 벗고 나온 것

날개를 단 육신들

저들은 자신을 지나간

모든 몸을 기억한다

헌 옷 수거함에서 수군거리는 몸들

근질근질한 입들,

알몸으로 서성대던 누군가의 부끄러움이 폭로되는 곳

미숙한 어린애가 베어 먹은 생선 등 같은 길을 끌고

마을회관 옆 헌 옷 수거함 모서리로 해가 질 때

길이가 다르게 헤진 소매에 새 옷감을 덧붙이듯

어긋난 단추를 새로 끼우듯

기우뚱 내 몸이 망설이는 동안

혀를 놀려 울음에 군살을 빼던 새들은

한철 살던 집을 버리고

저녁 등고선을 넘는다

김창균 _ 강원 평창군 진부 출생. 1996년 《심상》 등단. 시집 〈녹슨 지붕에 앉아 빗소리 듣는다〉〈먼 북쪽〉〈마당에 징검돌을 놓다〉 등. 산문집으로 〈넉넉한 곁〉이 있음. 2007문화예술위원회 창작지원금 받음. 제4회 발견작품상 받음. 현재 한국작가회의 회원. 고성고등학교 교사.

박
해
림

한 걸음 외 2편

한 걸음, 한 걸음 걸었을 뿐인데
멈추지 않고 걸었을 뿐인데

거봐,

가을보다
먼저

네게 와 있잖니

슬픔의 버릇

비슷한 시기에 어머니를 잃은 동네 친구는
잘 놀다가도 해가 지면
외할머니 무릎에 고개를 깊이 파묻었다
창유리가 까매질 때까지 그러고 있었다
살아 있는 사람도 정물靜物이 된다는 것을 그때 처음 알았다

비슷한 시기에 아버지를 잃은 나는
실컷 놀다가도 해가 지면
방 한쪽 구석에 기대놓은 이불 속으로 숨어들었다
오후의 빛이 제풀에 사그라들 때까지 그러고 있었다
보이는 것보다 소리가 더 무섭다는 것을 그때 처음 알았다

슬픔은 꼭 해가 질 때를 기다리는
고약한 버릇이 있다는 것도 처음 알았다

환승
— 옛집 · 2

풀들은 자라서 잡초가 될 시간이 필요했으니

방이 공간이 되는 동안

기억이 덜컥이는 널빤지로 돌아오는 동안

벽이 제 뼈를 허물고 제 살을 허무는 동안

창가에 쌓인 어제의 저녁 햇살은 지붕 깊숙이 숨어들어

등뼈를 잔뜩 웅크려야 한다

별을 베고

밤새워 나누었던 우리의,

가난한 귓속말이 꽃으로 피고 나비로 날아오를 때까지

발을 숨긴 고양이처럼 작은 기척에도 움찔 몸을 떨어야 한다

적막의, 적막이 환승을 다 마칠 때까지

박해림 _ 1996년 《시와시학》 시 등단, 1999년 대구전국시조공모 장원, 2001년 서울신문, 부산일보 신춘문예 시조 당선, 1999년 월간문학 동시 당선, 시집『오래 골목』외 다수, 시조집『못의 시학』외 다수, 동시집『간지럼 타는 배』시평론집『한국서정시의 깊이와 지평』시조평론집 『우리시대의 시조 우리시대의 서정』수주문학상, 김상옥시조문학상 수상 등.

밀라노 남자 외 2편

양
승
준

　몇 해 전 저는, 다음세상에서는 '말코비치'라는 이름의 슬라브계 서양인으로 태어나고 싶다는 소망을 시의 형식을 빌려 노래한 바 있습니다 굳이 그런 이름을 갖고 싶었던 것은 제가 헐리웃의 유명 악역 전문배우 '존 말코비치'의 광팬이라서기보다는 슬라브계 사람들이 제 성정에 비교적 잘 어울릴 것 같다는, 지극히 단순하고 주관적인 판단 때문이었습니다

　그런데 지난여름 밀라노를 다녀온 후, 그 같은 소망은 '리카르도'라는 이름을 가진 이탈리아 남자로 태어나고 싶다는 것으로 바뀌었습니다 〈스칼라 광장〉에서 본 그곳의 남자들은 죄다 미켈란젤로의 다비드 상 같은 조각남들이었습니다 어쩌면 그렇게들 잘생길 수 있는 것인지, 이탈리아를 여행하는 내내 부러움에 열등감이 뒤섞여 하루에도 몇 번씩 거울을 들여다보곤 하였습니다 그러나 저의 소망은 그처럼 엄청난 미남자로 태어나고 싶은 게 아니라, 단지 "제 머리로 생각할 수 있고, 그 생각을 제 언어로 제대로 표현할 수 있는 능력과 그에 따른 저만의 독특한 스타일을 갖춘"*, 평범하면서도 건강한 밀라노 남자로

태어나고 싶을 뿐입니다 왜냐하면 다음세상에서는 정말 좋은
시를 쓰는 시인이 되기를 원하기 때문입니다

　그래서 저는 수많은 관광객 틈을 빠르게 비집고 들어가, 〈비
토리오 에마누엘레 2세 갤러리아〉 회랑의 중앙통로 사거리 바
닥에 있는 모자이크 장식의 황소 거시기에 오른발 뒤꿈치를 대
고 힘차게 한 바퀴를 도는 의식을 경건하게 치렀습니다 비록
모두 닳아 지워져버린 황소 불알이었지만, 한 40년 쯤 후 이곳
에서 다시 태어나게 해달라고 간절히 빌면서 말입니다

* 일본 작가 시오노 나나미(1937~)의 수필 「남자들의 밀라노」(1989)

2356

숫자 2356, 이것은 2019년 7월 현재 남프랑스 니스 해변에 있는 맥도날드 매장의 화장실 비밀번호입니다 여기서 현재라 함은 그것이 수시로 바뀐다는 이야기일 터, 아마도 매장은 이용하지 않고 화장실만 찾는 많은 관광객들을 제어하기 위한 그 나름의 통제 방법일 것입니다

제가 황급히 찾아들어간 그곳은 그렇게 잠겨 있었습니다 저는 최근 빈뇨와 지연뇨, 야간뇨에 긴박뇨까지 전립선비대증과 관련된 모든 이상 증세를 총체적으로 경험하고 있던 탓에 늙고 추하기가 이루 다 헤아릴 수 없을 정도였습니다 그 결과, 아름다운 지중해의 일몰을 보는 기쁨보다도 급히 이 문제를 해결해야 한다는 절박감이 저를 2층으로 단숨에 뛰어오르게 하였던 것입니다

어찌 해야 화장실에 들어갈 수 있나, 제겐 오직 그 생각뿐이었습니다 굳게 잠긴 화장실 앞에 서서 아랫배를 움켜잡고 한참을 황망해하고 있노라니, 철컥 하는 소리와 함께 흑인 청년이 나오는 것이었습니다 화장실 문이 닫히기 전, 저는 재빨리 그 사이로 몸을 구겨넣었습니다 그곳은 해우소가 아니라 천국이었습니다

얼마 후, 아래층으로 내려와 아내가 주문해 놓은 햄버거를 먹으며 영수증을 살펴보니 아랫부분에 화장실 코드 2356이라 명기되어 있었습니다 처음으로 맛본 〈시그니처 버거〉였지만 제 관심은 이미 버거를 떠나 있었습니다

여행에서 돌아온 다음, 딸에게 니스 해변에서의 해프닝을 이야기했더니, 딸아이가 이렇게 말하는 것이었습니다 "아빠, 집에만 계시지 말고 좀 나가 다니셔, 우리나라 카페 화장실도 이젠 다 비번이 있어"

루체른에서 쓴 편지

　좋은 투수란 스트라이크를 잘 던지는 투수가 아니라 스트라이크처럼 보이는 볼을 잘 던지는 투수라는데, 좋은 시인은 어떤 시를 쓰는 시인일까요 혹시 세상엔 스트라이크처럼 보이는 볼 같은 시도 있을까요

　오늘, 스위스의 유명한 휴양 도시 루체른에서 잠시 <카펠교> 위를 걷다가 다리 난간에 기대서서 시를 쓰고 있는 한 서양 청년을 보았습니다 30대 초반이나 되었을까요 물론 그가 쓰고 있던 게 정말 시였는지 아니면 단순한 메모였는지는 확실치 않았으나, 진지하고 엄숙한 표정만큼은 이미 시인의 그것 이상이었습니다 그리하여 제겐 그 청년의 모습이 유럽에서 현존하는 가장 오래된 목조다리라는 <카펠교>보다도 훨씬 더 아름답게 보였습니다 그 모습을 혼자 보기 아까워 얼른 아내를 불렀습니다 그렇다면 시를 쓰고 있는 제 모습도 과연 아름다울까요

　몇 해 전, 저는 시를 "절박하고 아득한 허공의 순간, 내 안의 결핍과 내 밖의 풍요 또는 내 안의 간절함과 내 밖의 어긋남이 조화롭게 이루어내는 어떤 찰나적 떨림 같은 것"으로 규정한 바 있었습니다만, 좋은 시도 그렇게 태어나는 것일까요

어제, 〈한화 이글스〉는 또 지고 말았습니다 그건 스트라이크 같은 볼을 던질 줄 아는 좋은 투수가 부족하기 때문일까요 그런 제게 아내는 왜 아무 연관도 없는 꼴찌 팀을 응원해서 스트레스를 받느냐고 합니다만, 제가 독수리 야구단을 좋아하는 것은 어떤 특별한 이유가 있어서가 아니라, 그냥 꼴찌 팀에 대한 측은지심이랄까 그러다 보니 지금에 이르게 되었다고 하자, 아내는 제게 패배의식 같은 게 있는 것 아니냐고 한 마디 또 덧붙입니다

아, 그러고 보니 좋은 시를 쓰고 싶어 하는 저의 열망 또한 지난 40년 간 써 온 제 시가 사실은 좋은 시가 아니었다는 것을 스스로 인정한 결과의 산물이 아닌지 갑자기 궁금해졌습니다 이것 역시 제 오랜 패배의식 때문은 아닌지 오늘밤 골똘히 생각해 보아야 하겠습니다

양승준 _ 강원 춘천 출생. 1992년 《시와시학》 및 1998년 《열린시조》 등단. 시집으로 〈고비〉 〈적묵의 무늬〉 〈몸에 대한 예의〉 〈시를 위한 반성문〉 등 10권. 원주예술상, 강원문학상 등 수상. 현재, 원주문인협회 고문 및 《시와시학》편집위원.

어미 소가 송아지에게 외 2편

이
화
주

홍수로 떠 내려와
지붕 위에 올라가 있던 어미 소가
송아지 낳았다.

엄마, 엄마 부르며
젖먹은 송아지 잠이 들었다.

송아지 뺨 핥아주던
어미소 송아지 귀에 대고 속삭인다.

'아가야
사랑하는 내 아가야
이 세상에 참 잘 왔다.
한 생 동안 네가 빌린 세상이란다.'

어떻게 생각하니?

맨 처음
이 세상을 삶의 터전으로
빌려주었을 때

인간만이
고맙습니다.
고맙습니다.
하늘에 절하고
땅에 절하고
나무에도, 바위에도 절을 했단다.

아무 말도 하지 않은
호랑이도 토끼도 거미도
이 세상 망가질까 조심조심 살다 가는데

인간만이
주인처럼 행세하며
지구를 엉망진창으로 만들어놓는 거
어떻게 생각하니?

손들어 봐요

가슴속 주머니에
코로나바이러스 숨겨놓은 사람은
손들어 봐요.
괜찮아요.
훔친 거 아니니까 괜찮다니까요.
어서 손들어 봐요.

이화주 _ 1982년 강원일보 신춘문예와 《아동문학평론》으로 문단에 나옴. 동시집 〈내 별 잘 있나요〉 외 다수의 작품집이 있으며 윤석중문학상을 수상함. 현 초등학교 국어 교과서에 동시 〈풀밭을 걸을 땐〉이 실려 있음.

한로寒露 근처 외 2편

임동윤

그대 숨결이 회복될 수 없음을 최후가

가까웠음을 한 인편이 알려왔네

부르르 떨리는 가슴 쿵쿵 방망이질 치네

창밖의 황갈색 낙엽을 따라 쿵쾅거리다가

마른 종이비행기로 팔랑거려보다가

보도블록에 누워보다가 아득히 저물어보다가

캄캄한 바람의 물안개로 곤두박질쳐보다가

황망한 날갯짓으로 하늘 올라가 보네

불쑥, 한 죽음을 기별한 사람에게

한참, 멀뚱히 불화살을 날려만 보네

그늘과 함께

보랏빛 찰랑대는 그늘에 앉아보네

바람은 구름 한 점 몰고 와

더욱 고요해지는 오후

누군가를 기다리는 등꽃이 시들고 있네

보랏빛이 보랏빛을 먹고 먹는, 고요한

벤치 아래, 지난가을의 말씀들 가라앉고

보랏빛 벤치만 누군가를 기다리는

그 그늘에 마스크를 쓴 사내가 앉아있네

머리 위로 뚝뚝 떨어지는 보랏빛 향기가

황망히 노을 속으로 가라앉을 때까지

견딤에 대하여

비바람 부대끼면서 오롯이 피어나는 꽃
제 무게보다 더 무거운 눈덩이를 이고 선 나무
우박 맞아 몸 안에 상처를 가둔 사과
찬물의 길을 따라 상류로 올라가는 열목어

흔들리면서 모두
제 생을 살아가는 저것들,
무슨 빛깔의 무늬로 흔들리는 걸까

흔들리지 말아야 할 때 흔들리는,
흔들려야 할 때 흔들리지 않는, 저것들은

임동윤 _ 1968년 강원일보 신춘문예 등단. 시집으로 〈연어의 말〉〈나무 아래서〉〈아가리〉
〈사람이 그리운 날〉〈따뜻한 바깥〉〈고요의 그늘〉〈그늘과 함께〉 등 15권. 수주문학상. 김
만중문학상 등 수상. 현재 《시와소금》 발행인 겸 편집주간.

고라니의 고민 외 2편

정
주
연

아직 해가 지려면 한참인데
어쩌다가 외톨이가 되었는지
가까운 숲속 어딘가에 숨어
벌써부터 막무가내로 소리쳐 울고 있다
버~억 버~억 벅

"난 왜 혼자냐구 나 외로워!"
투정부리듯 울부짖는 목소리가
툭 가슴을 쳐와 눈시울이 붉어지는데

저 고라니는 우리 집 뒷산에 홀로 살고 있다
늦은 밤이면 산을 내려와
마당 여기저기 염소 같은 똥을 흘려놓고
무성한 풀을 융단 삼아 둥그런 자리를 만들어 쉬기도 하고
내 빈집 현관에서 잠을 자는지
가지런 세워둔 장화를 흩어 놓곤 한다

고구마 잎을 똑똑 다 따먹고

아끼는 화단의 딸기마저 일찍암치 결단 냈지만
녀석이 혼자라는 외로움의 무게를 저울로 달 수는 없으나
그가 사는 세상 전부의 무게 이여서
내가 민폐를 눈 감아 주는 이유다

고라니의 고민을 해결해 줄 묘안은 없을까
그저 측은한 마음이 앞서
이 궁리 저 궁리 고개를 기우려 본다.

바람의 전화

1.
곤한 잠에서 어렴풋이 깨어난 새벽 녘
뎅그렁~~ 뎅~~

늙은 소나무 가지에 달린 모빌이 울고 있다
바람의 전화 신호음이다
실바람에도 뒤척이며 외롭다고
누군가 너처럼 괴로워하고 있다고
깊은 밤에도 잠 못 드는 그리움에 머리칼을 날린다고

애달픈 눈물로
무너진 정의가 불의의 구둣발을 잡고 있다고
수화기를 들자 침묵으로 하소연 하고 있다

이 바람의 전화가 있어
나는 홀로 이어도 외롭지 않고
가진 자가 아니어도 궁핍하지 않다

2.

뎅~~

뎅그렁~~

가늘게 실바람이 몸을 떨었나 보다

잠이 들려고 돌아누우면 희미하게 멀리 귓전에 맴돌다

바람이 강도를 조금 올려

나무들의 옷자락을 우수수 길게 날리면

연거푸 뎅~뎅~뎅그렁~~

바람 전화기 신호음도 길다

두고 온 먼 이국의 바람 궁전

그 하늘 전 후생의 꿈과 한

생의 숨겨진 암호문이라도 해독하는 지

늙은 소나무 팔에 걸린 저 모빌은

바람 전화기로 변신 간간이 신호음을 보내는데

그 소리에 실려 온 그대의 근황

바람의 감촉으로 눈을 뜨고 감는 그리움의 초인종

모든 사무친 것들을 불러 오는
바람 전화의 신호음은 뎅~~ 뎅그렁 뿐이지만
그 실려 온 마음의 소리는
천일야화 세헤라자데 이상이다
모빌의 긴 몸통 안에 세헤라 자데가 숨어 살고 있는 줄은
예전엔 미처 몰랐었네요

낙조의 노래

한 생의 구름 궁전
바람의 잔치도 끝이 나고
연애도 끝이 난 저물녘 바닷가

이제 더 이상 애인은 없다
사랑도 다 했는데
아직 고요를 모르는 이 소요의 불랙 홀은
철 지난 종이꽃의 허상 일런가
곧 사라져 갈 망령의 그림자들 일까
어느 생의 장엄한 낙조에 놀라
어둔 숲 까마귀 떼들이 붉은 하늘 위로 날아오르는 모습

저 소용돌이 물거품이 잦아들면
먼 정적의 뿌리 일몰의 자장가
대양의 품으로
그 침묵의 나라 영원으로 흘러가리니

흰 포말로 일어서 달려오던 백마들의 휘날리는 갈퀴

순백의 양 날개를 크게 펼치며

먼 바다의 그리움을 몰아 안고 달려 나왔다 돌아가는

살아 출렁이며 고동치던

아~! 끝없이 밀려오고 사라지는 생명의 노래

그 파도 소리

애린이 없는 밤바다의 노래 소리로 남으리니

연애가 끝났으니 잔치 상을 접으라고 바다가 출렁이고 있다

정주연 _ 2001년 평화신문 신춘문예 등단. 시집 〈그리워하는 사람들만이〉 〈하늘 시간표
에 때가 이르면〉 〈선인장 화분 속의 사랑〉 〈붉은 나무〉가 있음.

옥계해변 외 2편

조
성
림

청춘을 거슬러 나는
옥 같은 계곡을 품고 있다는
해변으로 나아가 벌써
별 같은
조개껍데기를 수도 없이 줍고 있네

줍고 있어야 이미
세월이 껍데기가 되어버린 시간
바다를 하염없이 바라보며
해당화처럼 나는
눈물짓네

오늘따라 바다 자락은
숨결처럼 조용히
쉬지 않고
조개의 귀에다
옛 노래를 부어대고 있네

저 옥같이 구르는 소리들……

먼 수평선이 내게 와서는 밤새도록
푸른 물감 뚝뚝 떨구며
기적소리이듯
간절히 사무치네

도라지

이웃에서
도라지 뿌리를 한 자루 보내왔다

햇봄이라 땅도 설레는지
삽을 깊숙이 집어넣는데
소리가 시원했다

제법 튼실하게 퍼진 4년생 뿌리를
유리창으로 잘 내다보이는
텃밭에 꼼꼼하게 심었다

도라지도 쉬지 않고
싹을 내고
줄기를 내고
꽃을 낼 것이다

어린 시절
어머니가 도라지를 뽑아

껍질을 하루 종일 벗겨
내다 팔 때쯤엔

꽃은 흰색과 보라색의 왕관 같은
후광으로 밭은 빛났고

도라지도 지조가 있었는지
색을 절대 섞지 않았다

지금도 칠월이면
흰색과 보라색 별들이 그때처럼
내 가난한 마음에도
자욱하고 아스라이 내려앉곤 하는 것이다

안락의자

대나무로 잘 만들어진 안락의자가
초여름
사람도 뜸한
소나무 숲 허방에
뒤집혀 진 채 나뒹굴고 있다

어느 집 거실에서
한세월
안락과 부푼 배를 책임졌을 텐데

가세가 기울었을까
아니면 그 안락도 지쳤을까,

살을 맞대고 산 세월을
처절하게 버릴 수 있다니,

의자에게도 이제
소나무 그늘에서

소나무 향기에 흠뻑 젖어보라는
어떤 암시가 들어있는 듯도 하지만

아니다,
그도 평생 피붙이로 산 세월이
사무치게 나뒹굴고 있는 것이다

의자에서 온전히
솔향을 쏟아낸다 해도

조성림 _ 2001년 《문학세계》 신인상 등단. 시집으로 〈지상의 편지〉 〈세월 정류장〉 〈천안행〉 〈겨울노래〉 〈눈보라 속을 걸어가는 악기〉 〈붉은 가슴〉 〈그늘의 기원〉이 있고 시선집으로 〈낙타를 타고 소금 바다를 건너다〉가 있음.

어머니 뭐하셔요 외 1편

최
돈
선

어어머니 뭐하셔요
응 감자를 캔단다 자줏빛 감자

어머니 뭐하셔요
감자를 찌지 한솥 가득
그 아인 금방 쪄낸 감자를 좋아했어

어머니 뭐하셔요
집 나간 아들을 기다리지 편지 한 장 없는

어머니 뭐하셔요
식은 감자 먹고 있어 별이 뜬 지가 언젠데

어머니가 할 수 있는 건 감자뿐
자줏빛 감자뿐

얘야 어디서든 허겁지겁 먹지 말아라

목메어 체하면
빈주먹으로 가슴을 치게 되니까

어머니 뭐하셔요
누워있지 들창을 열면 별이 쏟아지거든

어둔 밤길 걷는 아들아
제발 돌부리 걷어차지 말아라

네가 넘어지면 세상이 다 무너지니까

어느 골목에선가
휘파람 부는 소리 먼 발자국 소리

어머니 뭐하셔요
어머니 뭐하셔요

가만히 귀 기울이고 있지 뭐하긴

그 아이 발자국소리를 어찌 잊겠어

오늘 밤도 어미 가슴에 피는
자줏빛 감자,

그 감자꽃

홍두깨 칼국수

비는 오는데 어머니는 오지 않는다
누가 칼국수를 끓여주나
소년은 어느 새 늙어 손수 칼국수를 끓인다
텃밭에 방금 난 햇감자 넣고
울타리 애호박 뚝 따
숭숭 칼질하여 국수를 끓인다
푹 끓여야 해 얘야
어머니의 잔소리 산메아리뿐이다
기억을 잃어버린 어머니의 홍두깨
시렁 밑 마루 한구석에
늘 혼자 기대어 있던, 따스한 손길
어머니 어머니
이 비 오는 날 쓱쓱 밀어준 칼국수
문득 어머니의 손맛이 그리워
둥근 상에 뽀얗게 분칠하고
새색시같이 서툴게 홍두깨를 민다
멸치 육수도 안 낸 채
그냥 맹물에 국수를 끓인다

오래 오래 푹 끓이럼 얘야

호박채 푸르게 익은 감자 칼국수

후드득 후드득 호박잎에 비 온다 얘야

풋고추 양념장에 눈물 몇 방울

정물처럼 얹혀

오랜 시간 후룩 후룩, 목 메인 칼국수

최돈선 _ 1970년 《월간문학》 신인작품 당선. 저서로 〈칠 년의 기다림과 일곱 날의 생〉〈허수아비 사랑〉〈물의 도시〉〈나는 사랑이란 말을 하지 않았다〉 외 다수.

세상 도처의 당신, 당신 외 2편

한
기
옥

야채 자르다 왼손 검지손가락을 스치듯 베었다
사단을 일으킨 가위는 주방진열대에 걸려
괜찮아질 거라며 태연하고
식구들마다 각자 일들로 분주한데
조그맣게 흠집 난 부위가 종일
몸 구석구석을 욱신거리게 했다

내 눈이 본 건
대수롭지 않은 상처였으므로
금세 지워지려니 했던
오래 전
널 아프게 했던 기억 하나

티끌만큼 희미해 보였으므로
금세 나아질 거라고
안심하던 내내
너 혼자 쓰라렸을 어떤 시간들이
와락 나를 덮쳐왔다

온 몸에 화농처럼 번져
오래도록 아팠겠구나

무례한 내 가위에 베어졌을
세상 도처의 당신, 당신

세계여! 사랑 안으로 걸어 들어가

아프리카 열대 오지
이제 막 걸음마를 배운 어린애 둘을 데리고
수십 리 길을 걸어가 물통 가득 물을 채운 뒤
온 거리만큼의 길을
그녀는 다시 걷는다
남편의 무덤에
길어온 물을 남김없이 붓고
그의 영혼이 목마르지 않게 해 달라고
아이들과 함께 빌고 또 빈다

오늘
그녀가 화탕지옥 같은 사막을 견디며
물을 찾는 이유는
애오라지
떠난 사랑의 내세까지를 지성으로
보살펴주기 위한 일

세계여!

사랑 안으로 걸어 들어가
우리 함께 죽자, 죽자

내일도
모래 바람 속에서
그녀는
뜨겁게 죽어갈 것이다
시퍼렇게 살아남을 것이다

기선이

그 아이
오물거리는 입이 보고 싶어서
여기가 어디지?
묻는다

할머니집이지
오감선생님, 오감선생님... 하하

우보삼성아파트란 거 알 텐데
우보삼성, 우보산성, 우보산선 우보선선, 우보선샌, 우보선
생, 오보선생, 오감선샌, 오감선생, 오감선생님… 말 더미 속에
서 골랐을 엉뚱 발랄한 단어 하나 꺼내 들고 떼굴떼굴

오!
오감 선생님이라니?
오감 선생님이란 낱말을 툭 툭 던지며
뒹굴뒹굴 논다
재밌어?
묻는데
어린이집 오감선생님 보고 싶어, 보고 싶어

거실에 떨군 오감선생님이란 말 주무르고 쓰다듬으며
깔깔깔 멍멍멍 딴청 부린다
말 속으로 들어가 나올 줄 모르는
오늘 처음 만나는 낯설고 신비로운 아이
하늘에 닿을 듯 커 보여서
금세 별 하나라도 딸 수 있겠다

기선이는 올해 다섯 살

저 너머에서 배워온 것만 같은 말놀이가
나는 자꾸 부럽다
어쩌면 거기서
김소월, 김종삼, 서정주, 김춘수…
이런 시인들한테 시를 배워온 게 아니겠냐고
넌지시 웃어보는 것이다

한기옥 _ 1960년 강원 홍천 출생. 춘천교대 졸업. 2003년 《문학세계》 등단. 시집 〈안개 소나타〉〈세상사람 다 부르는 아무개 말고〉〈안골〉이 있음. 원주문학상 강원작가상 수상. 강원문협, 원주문협, 수향시낭송회 회원.

허

림

찔렁 외 1편

찔렁이라 하면
동막골 은행나무집 초등학교 동창
야무진 지지배가 떠오른다
이쁘지도 귀엽지도 않은데 뜻밖에
향기로 한 몫하겠다는 달롱이나 나생이처럼
작달막한 봄꽃처럼 마음을 끌어내리던 여자
완경의 그믐달 같은 사월의 그 여자
꽃이란 살아 있는 향기여서
오래 묵은 장맛 같은 이름
내면 을수나 달둔 월둔 기슭에 핀 하얀꽃
몹쓸 돌림병이 도진 경자년庚子年
스스로 격리된 골방 창너머
하양과 연두가 봄의 유행처럼 밀려온다
이상하지
꽃은 피고 지는데
봄이 오는지 가는지
하나도 궁금하지 않은 사월, 그 여자

너는 어디쯤 지나고 있니

삶의 연대기에는 꼭 슬픔의 몫이 남아 있다

눈을 쓸지 않았다

밤새 눈내린 마을 하얗고 고요했다

추녀끝 봉당에 앉아 햇살 받으며 꿈얘기 했다

살쾡이가 병아리를 물어갔다는 소문이 돌았다

버덩말 흥백이네 집으로 가는

마을 어귀 느릅나무 상수내기에 부엉이가 앉아있다

지북솥에 불 때고 알불 골라 화리에 한 삽 그러담았다

소금 뿌리면 푸른 불꽃이 이글거렸다

서넛이 둘러앉아 두런거리며

싸리가지에 가래떡을 꽂아 구었다

어름사리 해 모래무지 매자를 조려먹고 싶었다

눈구뎅이 뚫고 고로쇠 물 받으러 갔다가

느릅나무상황을 땄다고 차로 우려먹었다

먼 데서 안부를 물으면

사진을 찍어 보내며 이러고 산다.고 할 뿐인데

참 재밌게 산다.고 지도 그렇게 살고 싶다.고 한다

아프지 말고 건강 잘 챙기며 돈 많이 벌라.고 문자를 보낸다

내심 남해나 황해 뻘에서 나는

꼬막이나 석화가 먹고 싶었지만

차마 하지 않았다

설사 그런 걸 보내줘서 장작불에 맛있게 궈먹었다.고

고마음 전하면 외려 약올리는 것 같아

그냥 있는대로 추렴해 술 한잔 나누며 지낸다.고

답글을 단다

내일은 동네 장사 보러가기로 했다

허 림 _ 1988년 강원일보 신춘문예 당선으로 등단. 시집으로 〈말 주머니〉〈거기, 내면〉〈엄마 냄새〉외 여러 권이 있으며, 홍천기행집으로 〈홍천강 400리 물길을 따라〉가 있음.

사무치다 외 2편

허
문
영

뼛속 깊이 사무치다
골수에 원한이 사무치다

이런 말 보다

감격에 사무치다
그리움에 사무치다

이런 말이 더 와닿지요

사무치다라는 말은 속 깊이 스며든다는 것

사무쳐봐야 사랑이 되고
사무쳐봐야 길이 열리고

그대는 누구엔가로 사무쳐본 적이 있는가요
오늘따라 사무치게 그대가 보고 싶다.

서성이다

인생의 절반쯤은 서성인 것 같다

제일 처음 서성인 것은
그대의 문밖이었을 것이다
그대는 창문을 열어주지 않고 희미한 등불만 켜두었다
나는 바람처럼 불빛에 스치는 그대 모습을 보려고
오랫동안 문밖을 배고픈 새처럼 서성였다

그리고 또 많이 서성였던 것은
이 길로 들어서야 할지 저 길로 들어서야 할지였을 것이다
이 길은 환하고 편한 길 저 길은 어둡고 울퉁불퉁한 길
빛과 어둠의 변주가 연주되는 갈림길에서
다람쥐처럼 절망과 희망을 맴돌며 한동안 서성였다

서성이다가 자리를 벗어날 수도 있지만
서성이다가 그 자리에 주저앉는 때도 많았다
서성이다라는 것은 아무도 모르게 주먹을 불끈 쥐는 것

오늘까지도 어디엔가 앉지 못하고
졸고 있는 생각의 외등 아래서 서성인다.

여미다

옷깃을 여미는 마음

비뚤어진 마음을 바로잡아주는 것

어릴 땐 어머니가 교복을 여며주셨는데

결혼을 하니 아내가 넥타이를 여며준다

여미다라는 말은 마음의 옷깃을 다잡아주는 것

언제까지라도 나를 여며주는 사람이 있다면 행복할 터인데

누군가를 내가 여며줄 때가 되었다

여미다라는 것은 가까이 간다는 것

서로를 마주 본다는 것

내가 너를 여미며 네가 나를 여밀 때

우리는 한 몸이 된다.

허문영 _ 1989년 《시대문학》 등단. 시집으로 〈왕버들나무 고아원〉 외 다수. 시선집으로
〈시의 감옥에 갇히다〉와 산문집 〈네 곁에 내가 있다〉 〈생명을 문화로 읽다〉 〈예술 속의
약학〉 등. 춘천문인협회 회장 역임. 현 표현시 동인, A4 동인, 강원대학교 약학대학 명예
교수.

황
미
라

장마 외 2편

눈구멍 안쪽에 얇고 작은 눈물뼈가 있다지요
숨은 그림 같은 이름
눈물뼈가 있어
구름도 눈물을 지상에 쏟는 게지요

슬픔이 밀어 올리는
축축하고 어두운 낯빛 숨기지도 못하는데
미어지는 구름의 눈물

벽처럼 서서 눈물을 받아 내는
눈물뼈가 없다면
방울방울 길을 잡아주지 않는다면

눈물이 고스란히 제 몸으로 스며들어
하늘이 온통 퉁퉁 불어터진 먹구름뿐이라면
영영 사라지지 않는다면…

생각만으로도 숨 막히는 오후

먹먹한 눈물의 안쪽

눈물뼈를 지나 주룩주룩 비가 내립니다

매자나무

산길에 만나는 매자나무
회초리 같은 몸으로
봄날 노란 꽃을 피우더니 총총 열매가 달렸다
열매는 물론 뿌리와 가지도 약재로 쓰인다고

치유의 힘은 어디서 오는 걸까
남의 고통을 생각하는
매자나무 물관을 따라 종일 걸어보는데

매자나무 서 있는 그 땅에
매자나무 머리에 얹고 있는 그 하늘 아래
매자나무 숨 쉬는 그 공기 마시며

세상에서 나만 아픈 거 같다니,
누구보다 내가 제일 슬픈 거 같다니,
아침부터 매자나무 가시에 찔린다
산길이 따끔하다

살살

응급실에서 엄마에게 환자복을 입히며 보았던
푹 꺼진 쭈글쭈글한 살

나는 알았다
아무리 용을 써도 내 몸무게가 줄지 않는 이유를

엄마 뱃속에서도
세상에 나와서도
갉아먹은, 먹는 줄도 모르고 먹어버린

살살 엄마의 생이 내게로 옮겨오고 있다

바지가 헐렁해져 핀으로 고정시킨
엄마 옆에서 나는 조여들어 답답한 허리 단추를 풀고 있다
살, 살, 현재 진행형이다

황미라 _ 1989년 《심상》으로 등단. 시집 〈빈잔〉 〈두꺼비집〉 〈스퐁나무는 사랑을 했네〉 〈털모자가 있는 여름〉 〈달콤한 여우비〉가 있음.

시와소금 시인선 123

하루는 먼 하늘

ⓒ표현시동인회, 2020. printed in Seoul, Korea

초판 1쇄 인쇄 2020년 10월 05일
초판 1쇄 발행 2020년 10월 15일

지은이 표현시동인회
펴낸이 임세한
디자인 유재미 정지은
펴낸곳 시와소금
등록번호 제424호
등록일자 2014년 1월 28일
발행 강원 춘천시 충혼길20번길 4, 1층 (우-24436)
편집 서울시 중구 퇴계로50길 43-7 (우-04618)
팩스겸용 (033)251-1195, 010-5211-1195
이메일 sisogum@hanmail.net
다음카페 hppt://cafe.daum.net/poemundertree

ISBN 979-11-6325-022-7 03810

값 10,000원

* 이 시집은 춘천문화재단의 후원금으로 제작되었습니다.